U0948658

吕传毅

中华诗词学会会员，山东诗词学会常务理事，山东省作家协会会员，淄博市诗词学会名誉会长，山东理工大学诗词学会会长。在《诗刊》《扬子江诗刊》等文学刊物和报纸发表诗歌多篇。多首诗歌被改编成其他文艺作品展演。由他作词的《说淄博》《太公颂》《鲁医之歌》等歌曲被广泛传唱，其中《鲁医之歌》在山东省校歌 MV 大赛中获得金奖。

一川风絮

吕传毅 著

中国文联出版社

图书在版编目（CIP）数据

一川风絮 / 吕传毅著. -- 北京 :
中国文联出版社, 2024. 10.
ISBN 978-7-5190-5614-8

Ⅰ. ①一… Ⅱ. ①吕… Ⅲ. ①诗集—中国—当代
Ⅳ. ①I227

中国国家版本馆 CIP 数据核字（2024）第 YV9633 号

一川风絮

作　　者　吕传毅
责任编辑　胡　笋
责任校对　秀点校对

出版发行　中国文联出版社有限公司
社　　址　北京市朝阳区农展馆南里 10 号　　邮编　100125
电　　话　010-85923025（发行部）　010-85923076（编辑部）
经　　销　全国新华书店等
印　　刷　潍坊印之源文化发展有限公司

开　　本　889 毫米 ×1194 毫米　1/32
印　　张　7
字　　数　122 千字
版　　次　2024 年 10 月第 1 版第 1 次印刷
定　　价　39.00 元

自序

吕传毅

我经常讲，我是理工男爱诗歌。本科学习拖拉机设计与制造，硕士和博士阶段学习机械学，都属于理工科。但在我内心深处一直有个文学情结，业余时间喜欢在文学世界里漫游。我从小喜欢诗歌，年轻的时候背诵了不少唐诗宋词，也经常有诗歌创作的冲动，这本诗集就选自我近期创作的部分诗歌作品。

为什么用《一川风絮》作为诗集的名字呢？“一川”是指一条河，也是我的笔名。《一川风絮》中的“风”姑且代表诗歌，“风絮”是漫天飞舞、不拘一格的诗歌的意思。从浪漫、诗意的角度来理解，就是在一条河流之上，飘着一片片风絮。

那年中秋节的晚上，我写了一首小诗《中秋致诗友》，较好地诠释了我的诗歌观，这首诗是和一位诗人朋友交流思想后有感而发写的。“你告诉我 / 是因为你醉了 / 才有了这首 / 搅动我内心的诗 // 我也常说 / 诗，不是写出来的 / 诗是流淌出的呻吟 / 从缠满裹布的灵魂里 // 我永远不能 / 真正读懂你的诗 / 所谓懂了 /

也许是浅浅的表皮 // 朦胧的字词 / 常常是错的字词 / 朦胧的逻辑 / 却一定是对的逻辑 // 人醉了 / 大逻辑一直没有醉 / 酒酣之际 / 诗人才会渐渐清醒 // 于是，才有了李白 / 每每人间大醉时 / 这个世界 / 也许仅仅剩下了诗。”借着这首诗，谈谈我在诗歌创作中的几点体会和感受。

第一，诗，不是写出来的，是从心灵深处流淌出来的。真正诗歌作品的产生，都是先有诗歌原型和框架，或者说先有了诗眼，然后再进行记录和打磨。没有一首好的诗歌是想写就能直接写出来的，一定是先在脑海里有了雏形，内心的冲动无处安放，驱使着将它写出来，最后内心归于平静。我认为，每一首诗歌都应该是这样创作出来的，都是先有了浓浓的诗眼，然后再进行记录和打磨。例如，《遇见美丽》这首诗歌，是一个早晨我走在上班的路上，路过校园连心湖边时，看到一位老人用轮椅车推着他目光呆滞的老伴，两人走到杏梅盛开的地方时，突然大笑起来，笑容很天真。我看到这个场面，脑海里闪现出诗眼，“只要心存美丽 / 人间尽是花期。”美丽不仅仅是一种表象，更是一种感觉。所以，到了办公室以后我就记录下来，唯恐思路丢掉了。再例如，《走过》这首诗歌，“山是悠悠的城郭 / 人是匆匆的过客”，这两句我记得很清楚。因为这首诗歌是后来重写的，早期写的其他句子都想不起来了，唯独记得这两句。当时创作的场景是我坐在前往西安的列车上，当时车速很慢，路过大山深处时，我看到一个农夫去世了，他的儿子在窑洞前面点了一炷香火。我看到这个场景后有感而发，山是永恒的，人是短暂的，在列车上就把诗歌写出来了，但后来这首诗歌丢失了。在前几年的母亲节那天，我想起已故的母亲，这两句诗又冒出来了，“山是悠悠的城郭 / 人是匆匆的过客”，便试图回忆去重新写这首诗歌，却怎么都写不出当时的那种感觉，写到最后自己仍然不满意，但也只能作罢。所以诗歌是从你内心深处自然流淌出来的，不是坐下来想写就能写出来的。

第二，诗，是一种难忍的冲动，是“有病”时止不住的“呻吟”。创作一首好的诗歌，肯定是“有病呻吟”。“无病呻吟”写不出好诗歌，也不会感动人。“有病呻吟”写出来之后，心情就会变好，心灵也会得到安抚和慰藉。假如你“有病不呻吟”，内心会一直悬着，所以，要把冲动全部释放和挥发出来，让心灵清零。这种感受我经历颇多，有时有了冲动却因事务繁忙不能去写，这种冲动便消散不去，只有将作品创作出来内心才能平静。例如，《娘，我回来了》，我校一位老师朗诵这首诗歌获得了 2021 年山东省中华经典诵吟大赛教师组一等奖。令人高兴的是这首诗歌成就了不少人，我校学生以此诗歌朗诵参加大学生艺术展演，获得了山东省第五届大学生艺术展演朗诵类一等奖，全国二等奖；淄博五音戏院把诗歌《娘，我回来了》

改编成了五音戏《回》，获得国家艺术基金 2019 年度资助项目。这首诗歌是在临沂党性教育基地参观时，听了讲解员的讲述后有感而发。故事讲述了抗战后期，一名战地记者战场负伤，被一位沂蒙妇女舍子相救，伤愈后重赴战场，临别之时，战士心怀感激之情和救命之恩，认她为娘并发誓“等胜利了 / 要让娘吃得饱 / 冬天里穿上最暖的棉袄”。中华人民共和国成立后，身居官职的战地记者，却忘了当年对这位沂蒙妇女的郑重承诺。40 年的归乡路，他走得那么沉重，40 年的迟到，当初的一幕幕在他眼前闪现，沂蒙妇女的无私和宽容，让他找回了曾经丢掉的初心。当时听完这个故事后，夜不能寐，感慨万千，内心产生了一种难忍的冲动，一定要连夜替这位记者写一首诗歌送给大娘才行。“娘，我回来了 / 穿越闹市的喧嚣 / 沿着八百里沂蒙小道 / 在年迈的老人面前跪倒 / 挪动双膝 / 头靠到您的裤脚 /……”恰好当时参加培训的班级组织党日活动，让我给班里同学朗诵，很多同学都深受触动。

再例如，有一年回老家，发现儿童时代经常嬉戏玩耍的一条小河变成了臭水沟，看到这个场景心情很沉重，内心就流淌出诗意，写了这首诗歌《向空气和河流道歉》。“沐浴着灰色的阳光 / 伫立在浊流拍打的水岸 / 以一个公民的名义 / 庄严地，向空气和河流道歉 // 童年，故乡的河边 / 悠悠的白云挂在树间 / 吃一串山中酸酸的野果 / 饮几口透凉甘甜的清泉 // 后来，

为了膨胀的梦幻 / 无情地，向大自然宣战 / 送走了鸟语花香的绿川 / 迎来了寂静的黑水白山 // 今天，蝴蝶和蜜蜂呼唤 / 愿松枝的清香在空气中弥漫 / 鱼儿在青荇间自由地追赶 / 夜莺悠闲地，在山村月光中盘旋 // 也许不久，迎来久违的丽日青天 / 面对杨柳岸戏水的少年 / 我欣慰地，以一个公民的名义 / 讲述着，昔日空气和河流的变迁。”

有一年冬天，我所在的城市淄博三个月没有下雪，我写了一首诗歌叫《等》，名义上是在等一场雪，实质上是在等人和大自然和谐相处。在这时候有一个机会出差到南京，坐着动车向南走，过了滕州，进了南京地域就开始飘雪花，越下越大，最后铺天盖地、纷纷扬扬。看到这个场景诗意自然就冒出来了，在火车上创作了《南京雪》。“是白色的梦 / 碎飘在钟山下 / 还是银色的曲 / 漫舞在大江上 // 凝神望去 / 却是一簇簇 / 来自云里的花 / 优雅地绽放 // 你映出的夜晚 / 似白日曚昽 / 你遮过的午阳 / 若月光苍茫 // 上天的赐予 / 也算如期而至 / 在最美的季节 / 遇见最美的你。”

第三，诗，需要时间的留白，是两种松紧心境的落差。工作生活忙碌的时候往往产生不了诗意，也创作不出诗歌，时间的留白造成的这种张力，往往会把原来的一些感受倾吐出来。记录我任校长期间的《稷下放歌》里收录了 20 多首诗歌。这些诗歌都标着创作时间，有位细心的老师做过一个统计，这些诗歌多数是周末时间创作出来的。我恍然大悟，原来在工作忙碌的时候是没有诗意的，即使有诗意也没有时间去记录，只能让它再沉淀、再发酵。等忙碌过去，闲暇之余，诗意就奔涌出来了。例如，《写给新生的诗》这首诗歌是当时安排给我的一个任务，让我写一首欢迎新生的诗歌。好长一段时间没有诗意，有一天比较清闲，在稷下湖边散步，诗意顿时涌上心头，“孩子 / 我们在稷下湖畔 / 等你”一边走一边用手机把文字记录下来。这首诗歌在学生中产生很好的影响，学校文学院的新生针对这首诗歌还专门写了一首《我们来赴一场约》送给我。再例如，朋友让我写一首关于齐文化的主题歌，一直没有诗意。有一天，正赶上放假，清晨起床后大脑特别清醒，顿时来了冲动。说实话，齐文化的诗歌不太好写，齐文化博大精深，题材特别大。忽然将思绪聚焦到齐文化的代表性人物——齐国创始人姜太公身上，于是就创作出这首诗歌《太公颂》。“东海茫茫 / 大河滔滔 / 南关狼烟起 / 北疆战马啸 // 太公啊 / 仙风道骨的子牙 / 那位古稀的隐者 / 为遇千古明君 / 独坐渭水之滨垂钓 // 太公啊 / 老当益壮的子牙 / 为了大周的江山 / 从遥远的西途赶来 / 再次披上血染的战袍 // 东海茫茫 / 大河滔滔 / 南关狼烟起 / 北疆战马啸 // 太公啊 / 定国安邦的子牙 / 百年修炼的智慧啊 / 征讨五侯九伯 / 胸有武略文韬 // 太公啊 / 励精图治的子牙 / 通商工兴渔盐 / 因俗简礼尊贤尚功 / 把泱泱大齐的基业筑牢 // 太公啊 / 开创齐国的子牙 / 太公啊 / 今朝世界的子牙。”非常高兴的是邵彬教授为这首诗谱了曲，做成了歌，并荣幸成为第 16 届齐文化节的主题歌。

第四，诗，应该成为动听的歌谣，应该有些基本的韵律和节奏。诗歌是不断发展的，古体诗不仅有韵律，还有平仄。韵律和平仄能使诗歌朗朗上口。现在有一些诗歌不讲韵律，不讲结构，也不讲对仗，只体现诗歌的诗意和表达。当然创作这种形式的诗歌也成就了很多诗人。但是，在我内心深处给自己设置了一块区域，认为诗歌与散文等其他体材是有区别的，诗歌有自己的表征和参数，在句子长短、韵脚、声调、对仗各方面都应该有一些讲究，有韵律、有节奏、有起伏，结构上有形式美。我写的诗歌都会刻意保留这些特点，虽然是漫天风絮，但在创作过程中还是有些约束的。例如，《中秋夜》：“稷山下 / 借秋月朦胧 / 我在找寻 / 那些千古诗意 / 是否遗落在 / 湖边的草丛 // 梦的萦绕 / 谁也说不清 / 是那段 /《满江红》的豪迈 / 还是那段 /《鹧鸪天》的悲鸣 // 魂的牵挂 / 谁也道不明 / 是那句 /《蝶恋花》的柔美 / 还是那句 /《虞美人》的凄冷 // 每到今宵 / 无论阴晴 / 总会走出门 / 观赏天和人的风景 / 心也总被 / 见或不见的月儿煽情。”像这首诗中的“胧”与“丛”、“清”与“鸣”的押韵，同时追求对仗，像“满江红”“鹧鸪天”“蝶恋花”“虞美人”，整体上念下来是有韵律、有节奏的。再例如，《南京，不说再见》是在南京挂职接近一年，离开时在火车上写的一首诗，“南京 / 不说再见 / 再绕一圈 / 灵秀的玄武湖 / 再跳一曲 / 颤动的小拉舞 // 南京 / 不说再见 / 再望一眼 / 繁忙的珠江路 / 再听一遍 / 悠扬的晨钟暮鼓 // 南京 / 不说再见 / 六朝松阅尽 / 多少楼台烟雨 / 台城柳依恋 / 万仞高墙明太祖 // 南京 / 不说再见 / 读书台难觅 / 浪子英雄周处 / 十万骆驼拉不起 / 长碑下千堆白骨 // 南京 / 不说再见 / 你好像一部 / 写满沧桑的书 / 你有过多少 / 血泪荣光与屈辱 // 南京 / 不说再见 / 心中浸透 / 你的厚重与质朴 / 过往心动的梦 / 会让人难舍追逐。”由此可见，我在创作诗歌时对韵律、结构、对仗是有自己的追求的。

这本诗集中有一些诗歌作品被专家谱曲或改编成了其他文艺作品，我们将其中部分作品印制了二维码附于诗歌之后，供大家扫描欣赏，并向所有改编创作者、演职人员和工作人员致谢。

以上这些啰啰唆唆的话，权作为序。

2024 年 6 月

目录

中秋夜

稷山下
借秋月朦胧
我在找寻
那些千古诗意
是否遗落在
湖边的草丛

梦的萦绕
谁也说不清
是那段
《满江红》的豪迈
还是那段
《鹧鸪天》的悲鸣

魂的牵挂
谁也道不明
是那句

《蝶恋花》的柔美
还是那句
《虞美人》的凄冷

每到今宵
无论阴晴
总会走出门
观赏天和人的风景
心也总被
见或不见的月儿煽情

楼兰

远古的沧海
是否化作
今日的桑田
我却看见
千年的宫殿
模糊成
眼下的残垣

在这里
可曾演绎过
满朝文武论辩
是无情光阴
将大忠巨奸
凝聚成
一部历史短片

问斜阳
西去阳关的路
还有多远
黄沙风起处
还能否惊现
那些散落疆场的
长弓短剑

迎春花

我只是想
在乍暖还寒的天地间
痛痛快快地怒放一场

我没为别的
就是为了这一季
世上最绚丽的花事而来

我就是想把
这些金黄色的碎梦
张扬得，荡气回肠

花儿开完后
至于，还须结什么果
我从来也没有奢望

中秋致诗友

你告诉我
是因为你醉了
才有了这首
搅动我内心的诗

我也常说
诗，不是写出来的
诗是流淌出的呻吟
从缠满裹布的灵魂里

我永远不能
真正读懂你的诗
所谓懂了
也许是浅浅的表皮

朦胧的字词
常常是错的字词

朦胧的逻辑
却一定是对的逻辑

人醉了
大逻辑一直没有醉
酒酣之际
诗人才会渐渐清醒

于是，才有了李白
每每人间大醉时
这个世界
也许仅仅剩下了诗

遗址感怀

初冬的夜晚
临淄城外
荒野之中
朋友告诉我
两千多年前
这里是稷下学宫

我的耳畔
听到了韶乐
清纯的天籁之声
我的眼前
上演起诸子
心怀天下的争鸣

仰望着
两千光年远的
那颗星星

我在想，那位
三任祭酒的荀子
也许曾经在
我站立的位置
同一姿势抬望夜空

我恍然大悟
此时看见的光明
正是荀子那一夜
望见的星星发出
今晚，才到达学宫
可那束光
却不知，迎接它的
已不是齐国的荀卿

南京雪

是白色的梦
碎飘在钟山下
还是银色的曲
漫舞在大江上

凝神望去
却是一簇簇
来自云里的花
优雅地绽放

你映出的夜晚
似白日朦胧
你遮过的午阳
若月光苍茫

上天的赐予
也算如期而至
在最美的季节
遇见最美的你

娘，我回来了

沂蒙母亲救治战地记者，结下母子情，儿离别前许下诺言，可后来忘记承诺，一去 40 年，未见踪影，母亲却苦苦地等啊，但母子相见的这一天终于来了，在临沂党性教育基地听完故事，夜不能寐，感慨万千……

娘，我回来了
穿越闹市的喧嚣
沿着八百里沂蒙小道
在年迈的老人面前跪倒
挪动双膝
头靠到您的裤脚

娘，我记得哟
四十年前那个寒冷的拂晓
日寇的炮弹把我击倒
不知谁的乳汁将我干裂的唇浸泡

昏迷中又不知谁
把我抬进您的地窖

娘，我记得哟
躺在病床上冬去春到
锅里的小米粥天天在熬
您跑遍深山为我采药
禁不住有一天
我把您当亲娘喊叫

娘，我记得哟
养好了伤
儿又翻出抗日的大刀
离别时我把真诚的心愿言表：
等胜利了
要让娘吃得饱
冬天里穿上最暖的棉袄

娘，我回来了
儿曾把承诺抛到了云外九霄

现在心中充满了愧疚懊恼
不想让您原谅
这四十年的迟到
什么能补偿
您漫长的挂牵和煎熬

娘，我回来了
走过了高山百座大河千条
心灵之舟依然向真情抛锚
从今后
儿要永远将这片热土拥抱
兑现久违的诺言
为您送终养老

向空气和河流道歉

沐浴着灰色的阳光
伫立在浊流拍打的水岸
以一个公民的名义
庄严地，向空气和河流道歉

童年，故乡的河边
悠悠的白云挂在树间
吃一串山中酸酸的野果
饮几口透凉甘甜的清泉

后来，为了膨胀的梦幻
无情地，向大自然宣战
送走了鸟语花香的绿川
迎来了寂静的黑水白山

今天，蝴蝶和蜜蜂呼唤
愿松枝的清香在空气中弥漫

鱼儿在青荇间自由地追赶
夜莺悠闲地，在山村月光中盘旋

也许不久，迎来久违的丽日青天
面对杨柳岸戏水的少年
我欣慰地，以一个公民的名义
讲述着，昔日空气和河流的变迁

寻梦南京

寻梦
走进南京
看一看那片情
是否还藏在
汤山洞中

狮子桥上空
还能否望见
划落天际的流星

寻梦
走进南京
听一听那阵风
是否还缠着
六朝古松

鸡鸣寺深处
还是否闪烁
穿越历史的青灯

走过

多年前，前往西安的列车上，一次触景生情的感受

深夜
黄土高坡
几颗流星划落
列车疲惫地驶过

大山深处
一个农夫死了
横放在窑洞前
儿子点一炷香火

撕心裂肺的哭声
惊起几点萤火
三尺白布送别
亲人去天国

早上
太阳还会升起
傍晚
太阳还会坠落

总是这样
年复一年地走过
山是悠悠的城郭
人是匆匆的过客

儿子赶的车
是父亲留下的牛车
孙子推的磨
是爷爷传下的石磨

却问百年后
农夫的故事有谁诉说
村头流传的
可是尧舜的功过

早上
太阳还会升起
傍晚
太阳还会坠落

等待

——电影《归来》观后

车站的门
开了又关
关了又开
近在咫尺的我
却在你千里之外
你在等待
一个图腾的归来

激情
流淌在
颤动的琴弦外
却不曾唤醒
那段沉睡的爱
青春封冻在
装满碎片的纸袋

不知今生
用尽我
所有的期待
是否还能够
将你的心结打开
永远送走
那个疯狂的年代

游走南京

漫步于紫金山麓
我经常忘记
这是一片城中的森林
还是一座林中的城市
千年桧柏遮天蔽日
挺拔的水杉钻入云里

徜徉在秦淮河堤
我经常忘记
这村舍是几艘抛锚的旧船
还是行船就是水上的村子
白天的号子动韵如歌
深夜的渔火川流不息

徘徊于虎踞关里
我经常忘记
这是一个萌动的春天

还是一个收获的秋季
枝头的鸟儿含情对视
桂花的清香醉人心脾

游走在南京古都
我不能忘记
你是饱经沧桑的硬汉
你是柔情万种的女子
崇拜你厚重的品质
拥抱你迷人的风姿

南京，不说再见

南京
不说再见
再绕一圈
灵秀的玄武湖
再跳一曲
颤动的小拉舞

南京
不说再见
再望一眼
繁忙的珠江路
再听一遍
悠扬的晨钟暮鼓

南京
不说再见
六朝松阅尽
多少楼台烟雨

台城柳依恋
万仞高墙明太祖

南京
不说再见
读书台难觅
浪子英雄周处
十万骆驼拉不起
长碑下千堆白骨

南京
不说再见
你好像一部
写满沧桑的书
你有过多少
血泪荣光与屈辱

南京
不说再见
心中浸透
你的厚重与质朴
过往心动的梦
会让人难舍追逐

花之邀

朋友，来吧
好客的理工大
为你的阳春二月
准备了一院子花

海棠枝头
何似灯笼悬挂
一树玉兰
宛若纯洁冰花

朋友，来吧
多情的理工大
为你的心驰神往
敞开了温暖的家

青梅芬芳
夜醉八方客

紫荆繁蕾
朦胧月光下

朋友，来吧
赏花的你啊
或许是我们眼中
最美的花

春秋

低着头
走在春的田埂上

一抬眼
却遇见了秋

如水的时光
就这样无声流走

低头沉思的
是那个梦
和那些有梦的挚友

抬眼望见的
是那棵树
和挂满枝头的石榴

雨中的枫

一场初秋的雨
把天地连在一起
是淅淅沥沥的心
还是延绵不绝的情

窗外的五角枫
亭亭地站着
若一位优雅的少女
任凭喜雨浇冲

风云的爱恋
难道是雨洒雪飘
苍天的眷顾
莫非是日晖月明

幸福的五角枫
在日月雪雨中
根扎得更深
彩也许变得更浓

樱花对雪松的诉说

在幽静的山间
仰望轮回的月缺月圆
翻阅着无常的云舒云卷
我和你，朝夕相伴

春天，我怒放的花如梦如幻
秋日，彩叶散发成熟的斑斓
冬天，我举着光光的枝丫
无奈地，度过严寒

春天，你绿意盎然
秋日，仍有苍翠无比的伟岸
你孤傲如一的外表
仿佛，与四季无关

终于有一天
看到你脚下层层的堆满

松针如同散落的钢钎
我才，恍然地发现

我的宿命，敢怒敢言
有潮起潮落的波澜
尝遍了人间褒贬
体验着生命的痛苦与甘甜

而你，松叶的扬弃从没间断
却用无声无息的平淡
在躁动的山林中
坚守着常青的美名与尊严

雪松对樱花的表白

在无边的旷野
望尽了风花雪月
聆听春夏秋冬的歌
仿佛，林中只有你我

春天，你浓妆艳抹
秋日，彩叶胜过三月花朵
冬天，你把来年的梦寄托给落叶
一同珍藏进冰封的季节

春天，我在百花中孤独观摩
秋日，顾盼山间缤纷的收获
我一直涂着平静的绿色
内心，却充满多彩的纠结

听到你真情诉说
感动我枝叶婆娑
彩色和绿色的功过
任由苍天评说

羡慕你，像寒冰又似烈火
唱着四季分明的歌
变换着迷人外壳
铸就大爱至恨的品格

而我，苍翠雄姿掩盖了太多
给人冷暖不知的感觉
用常青梦驱赶单调寂寞
不断感受叶的动摇与根的执着

樱花与雪松的对白（男女对诵）

女：在幽静的山间
仰望轮回的月缺月圆
翻阅着无常的云舒云卷
我和你，朝夕相伴
男：在无边的旷野
望尽了风花雪月
聆听春夏秋冬的歌
仿佛，林中只有你我
女：聆听春夏秋冬的歌
林中只有你我
女：春天，我怒放的花如梦如幻
秋日，彩叶散发成熟的斑斓
男：春天，你浓妆艳抹
秋日，彩叶胜过三月花朵
女：冬天，我举着光光的枝丫
无奈地，度过严寒
男：冬天，你把来年的梦寄托给落叶

一同珍藏进冰封的季节
男：春天，我在百花中孤独观摩
秋日，顾盼山间缤纷的收获
我一直涂着平静的绿色
内心，却充满多彩的纠结
女：春天，你绿意盎然
秋日，仍有苍翠无比的伟岸
你孤傲如一的外表
仿佛，与四季无关
男：听到你真情诉说
感动我枝叶婆娑
彩色和绿色的功过
任由苍天评说
女：终于有一天
看到你脚下层层的堆满
松针如同散落的钢钎
我才，恍然地发现
男：羡慕你，像寒冰又似烈火
唱着四季分明的歌
变换着迷人外壳

铸就大爱至恨的品格
女：我的宿命，敢怒敢言
有潮起潮落的波澜
尝遍了人间褒贬
体验着生命的痛苦与甘甜
男：而我，苍翠雄姿掩盖了太多
给人冷暖不知的感觉
用常青梦驱赶单调寂寞
不断感受叶的动摇与根的执着
女：而你，松叶的扬弃从没间断
却用无声无息的平淡
在躁动的山林中
坚守着常青的美名与尊严
男：你，唱着四季分明的歌
铸就大爱至恨的品格
女：你，用无声无息的平淡
坚守着常青的美名与尊严
女：在幽静的山间
月缺月圆，云舒云卷
男：在无边的旷野

春夏秋冬，朝夕相伴

女：月缺月圆，云舒云卷

春夏秋冬，朝夕相伴

合：春夏秋冬，朝夕相伴

扫描二维码，请欣赏《樱花与雪松的诉说》视频

宜宾醉

宜宾春深，同学豪饮，夜不能寐，余感慨放歌

翠竹黄桷随风扬
金沙岷水入长江
不知今夜为谁醉
南国春深有同窗

入天山

大漠长路胡杨间
草青水白牛羊懒
忽入天山云深处
惊游险路十八弯

出天山

望断天山六月雪
览尽塞外一千河
水堵石拦多艰险
行者却留一路歌

交河故城有感

西域交河古道边
残垣断壁难相连
不知当年为何故
金碧辉煌化狼烟

敦煌中秋

这个夜晚
伴着冰冷的风
潮湿的月亮
夹在变幻的云端

借问长天
在混沌的上边
寂寞的嫦娥
谁与陪伴

向着星星
飞去的
可是莫高窟檐下的
那只孤燕

胡杨林中
那只千年的白狐
是否一直守候在
风起的鸣沙山

天池游

瀑布溅松梢
涛声惊飞鸟
山前瑶池静
游人谁知晓

凤凰古城

朝辞长沙一千里
竹青水碧映湘西
苗寨凤凰何飞出
古城深处有传奇

衡山感怀

晚秋薄雾罩山松
高台古寺望祝融
南岳独秀八百里
多少忠烈烟雨中

济南护城河荡舟

云淡秋寒荡轻舟
河上小桥两岸柳
闹市忽隐菊花静
莫非身在江南游

初冬游南四湖

初冬游湖，别有情趣，繁华过后，归于平淡

薄雾斜阳泛孤舟
十里残荷恋枯藕
芦苇尽处清香来
只因桂花余枝头

登无棣碣石山

平步登顶无棣山
谁信秦皇曾游览
难怪千古留争议
碣石渐消沧海远

函谷关忆老聃

夜深了
函谷钟声
还在敲打着
远山的无眠

望星空
问古道
究竟去了何方
那位飘逸的神仙

似听到一阵阵
箭雨飞鸣
像看到一片片
烽火狼烟

若非一部《老子》
即使是千年要塞
谁还会记得
何处是东隘西关

梦泉齐长城

残垣隐隐梦泉山
石门悠悠越千年
烽烟已随孙膑去
山涧秋风犹呐喊

马年除夕暖

银蛇渐去又一年
骏马临春不觉寒
若非童子放鞭炮
只当梅开三月天

心游草原

寒尽独奔旷野中
天高树远任纵横
策马追云一百里
扬鞭呐喊牧春风

初冬校园

枫叶未红霜满园
槐林黄透小河边
寒风吹乱湖中影
夕阳染出五彩山

校园早春

水皱草醒三月天
蕾寒香冷蝶未还
曲径深处闻书声
山右小楼赏琴弦

武昌吟

江城不见一枝梅
三月樱花作雪飞
黄鹤楼中听传说
锁江大禹有蛇龟

我是一棵大叶女贞

夏日原野草木森森
我淹没在无际的绿荫
寻常的青翠与众难分
我是一棵大叶女贞

秋日乔木落叶纷纷
我渐渐地独秀山林
归功于剪刀般秋风阵阵
我是一棵大叶女贞

冬日冰雪涂满乾坤
我墨绿的叶依然披挂在身
孤独中守望着日月星辰
我是一棵大叶女贞

春日鲜花五彩缤纷
我疲惫的叶悄然归根
不忘奉献新绿的稚嫩
我是一棵大叶女贞

牡丹怨

千年唱尽牡丹歌
万种风姿舞绰约
阵阵清香袭过客
花间容动怨妖冶

石头城

遥想东吴据江东
借山巧筑石头城
生子莫当孙仲谋
江枫垣壁血染成

启程

列车外
细雨晚秋天
启程东南
涌起一丝伤感
没有旅伴
只身虎踞龙盘

心境犹如
沿途的雾烟
不知石城
还有何等圣贤
也不知钟阜
藏着多少神仙

悼先进

总想吟出
压在心头的诗
先进兄弟
惜别在最美的秋季

你像一颗流星
归去悄无声息
燃尽生命的烈焰
消失在璀璨的天际

你把青春之花
与万紫千红一起
怒放在这片
眷恋的土地

透过弥留的眼神
看你多么不忍离去

在你内心深处
还有多少憧憬和惦记

沐风雨而去吧
亲爱的兄弟
天堂里或许
再没有痛苦和忧虑

百年后的今日
追踪化工学院的轨迹
也许会有人
感动地把你说起

南唐二陵有感

（一）

若非一曲望远行
谁向深山问二陵
或怨金戈铁马远
小楼细雨弄寒笙

（二）

三朝皇上两为臣
词愤未脱亡国魂
不见长枪安天下
却留千古虞美人

七绝·梅花山

香风冽冽报梅开
百态千姿红粉白
望断钟山寻意境
友人何不踏雪来

七绝·宜兴问

无风竹海浪无边
《梁祝》余音入洞间
手捧紫砂问茶主
东坡阳羡可买田

幸福是什么

幸福是什么
幸福是八十大寿那天
你和老伴肩并肩
漫步在幽静的公园

幸福是什么
幸福是退休那年
在老家的门畔
白发爹娘把你双手紧挽

幸福是什么
幸福是惶恐的中年
儿女把久盼的录取书
送到了你的眼前

幸福是什么
幸福是好友的一次聚餐

幸福是老师的一句表扬
幸福是球友的一场挥板

幸福是什么
幸福是忙里的一天清闲
幸福是遥远的一次旅行
幸福是微信的一句平安

鸡鸣寺樱花

鸡鸣寺左笼山下
空巷万人赏樱花
莫怨台城堤上柳
柔枝依旧伴朝霞

七绝·丁香

一园春色竞芬芳
白杏红梅谢客忙
待到丁香开放后
百花哪朵敢言香

再启程

列车外
绿肥红瘦间
又赴东南
心绪情思万千
十人同行
筑梦借力南天

沿途走过
农夫的果园
平日洒下几多汗水
桃李才会挂满秋天
做辛勤园丁
怎敢忘殷殷期盼

写给新生的诗

孩子
我们在稷下湖畔
等你
像等一颗新星
汇入山理工
璀璨的夜空
像等一股小溪
流入山理工
深邃的湖里

孩子
我们在稷下湖畔
等你
坚定地上路吧
背起你的行李
作别魂绕梦牵的故里
深深地鞠躬

让送行的爹娘留步
把恩情定格成永恒的记忆

孩子
我们在稷下湖畔
等你
揣着美丽的梦想
为祖国和人民
到远方来学习
踏上列车的日子
你已经独立
从此何惧天涯浪迹

孩子
我们在稷下湖畔
等你
校园里花开四季
游走着可敬的学者
会聚着可爱的青丝学子
做一个历史的蒙太奇
这齐国大地的学宫里
曾经坐满了百家诸子

孩子
我们在稷下湖畔
等你
未来的日子
也许有成功的惊喜
也许有失败的哭泣
象牙塔从来隔不断
精彩世界的感动
污泥浊水的侵袭

孩子
我们在稷下湖畔
等你
你要切记呀
青春年少当立志
人生易老时光飞逝
在劈波斩浪的航船上
那个把握方向的舵手
永远都是你自己

新西兰

从秋天起飞
跨越太平洋的浩瀚
着陆春天的航站
多情的新西兰
已让绿色染遍

莫非是上帝
用深浅不一的绿线
织出巨大的地毯
绣上点缀的牛羊
铺满起伏的群山

白云蓝天下
静静的怀卡托河岸
美酒故人炊烟
借问花香处
是梦境还是庄园

春之雪

林间小路
雪花如棉絮
漫天飞舞
像枝头间
跳动的音符
这是对冬天
依依不舍的眷恋
还是对春日
期盼已久的祝福

借着寒风
层层的雪片
贴满了一棵棵树
用冰清的玉肤
向枝丫倾诉
春天来了

就大胆怒放吧

我会沉浸在

你脚下的沃土

对母校说

——写在六十年校庆前夕

六十个春秋
您牵着我们的手
像辛劳的母亲
在齐鲁大地上游走

那一年
从泉城到德州
那一年
又从齐都到兖州

图腾般的轨迹
不堪回首
也折射出
几多国事家愁

新千年之首
您汇聚几股清流
像奔腾的大河
托起叶叶希望之舟

于是有了
齐地学子神采
于是有了
稷下学者的风流

一甲子的薪火
传到我们的手
共筑美丽的梦啊
为母校明天加油

落花

红紫随风飘若雪
伤心最是落花期
每惜春色未几日
更怕秋风萧瑟时

寻梦桑园

栉风沐雨路艰难
甲子回眸几度迁
寻梦理工初创地
泉城把酒话桑园

青玉案·晚春游

甘霖昨夜雕青树
又催落
花无数
不见轻烟杨柳絮
和风几度
燕飞莺语
是否春将去

寻芳今日天涯路
裹履相约早出户
步入深山如梦处
耳边松响
目中云雾
谁问归程暮

春与诗

——应邵彬院长之约作春天的诗会主题歌

来吧，朋友
让我们以春的旋律起舞
演一幕春江花月
跳一曲青春快步

春天演绎着
春风春花春雨
让我们把春的梦想
编织成四季幸福

来吧，朋友
让我们以春的旋律起舞

来吧，朋友
让我们以诗的名义相聚

诵一首小桥流水
唱一阕大江东去

诗篇抒写着
诗情诗景诗绪
让我们用诗的画笔
描绘出七彩旅途

来吧，朋友
让我们以诗的名义相聚

扫描二维码，请欣赏《春与诗》视频

学长的咏叹

校庆日那天，一位年迈的学长走进母校，摸着参天的大树，望着如潮的学子，眼含泪光，用神情诉说

母校
您正年轻
我却已变老

教学楼中
是否还回响
课间的嬉闹

工艺课老师
是否还留着
春风一样的微笑

运动场上
是否还隐现
石灰撒出的跑道

宿舍楼里
是否还萦绕
重复四年的小调

母校
久违的日子里
您可安好

母校
您正年轻
我不能变老

报告厅内
学者指点着
智慧的奥妙

实验室里
师生互动着
精深的技巧

图书馆中
学子徜徉在
知识的城堡

艺术大坑
社团舞动起
多彩的浪潮

母校
我又淹没在
这青春的波涛

七绝・广玉兰

山前池后两三棵
绿叶油油似玉琢
五月花香风送晚
枝头疑是落白鸽

厦大

儿时常念一黉舍
梦里依稀望南国
人到中年身是客
雨中难辨两普陀

送别毕业生

又到了
女贞花
盛开的季节

校园里
唱起歌
为学子送别

老教授
合上书
一脸的不舍

辅导员
唠叨着
最后的班课

稷下湖
细听着
缠绵的夏夜

又到了
女贞花
盛开的季节

要远行
可记得
师长的嘱托

失与得
都成了
大学的骊歌

苦与乐
会写满
崭新的生活

成与败
还须靠
不息的拼搏

扫描二维码，请欣赏《送别》视频

如梦令·到喀什

不见边陲日暮
回望东来长路
盛典又相约
曾铸风流无数
承续，承续
只为西疆磐固

稷山观云

稷山观云团酷似龙凤

日照中秋后
水天两苍茫
稷山白云过
龙凤戏天上

中年

中年
或许是
人生残存的
最美的高原
因为
你的步履
还没有蹒跚
因为
你的耳畔
仍有天籁回旋

中年
不知谁
在轻轻触碰
我善感的心弦
来时
也有收成

金浪滚滚的麦田
未来
也有路标
指向梦境的天边

多少年

——为淄博空气质量改善而作

为那一抹
七彩的晚霞
等了多少年
昨日黄昏
她又燃烧在
无际的天边

为那一群
眨眼的星星
追了多少年
昨天晚上
她又闪烁出
幸福的梦幻

为那一片
纯净的湛蓝
盼了多少年
今日拂晓
她又映入
清澈的眼帘

为那一簇
洁白的云团
想了多少年
今天午后
她又飘过
锦秋的窗前

冬阳

悠闲地
让窗外的暖阳
照几束光
在我的脸上
身心啊
惬意舒畅

许久啦
没了这份心境
也许是
繁忙的生计
让诗意
去了远方

也可能
沉醉于
如诗的梦乡

无法再用
笨拙的语言
把最妙的心曲歌唱

冬雨

细雨绵绵三九天
信游湖畔不觉寒
也许上苍巧安排
意将春水送年前

雪中

踏遍稷山不见梅
寒风几度伴春雷
枝头却问梦中雪
何日草青柳絮飞

演兵朱日和

——电视观看军演之后

巨炮长箭
铁骑雄鹰
大漠深处
沙场又点兵

红旗猎猎
气贯长虹
钢盔尘起
士如出海龙

养兵千日
用兵如倾
为不战而演
只听统帅号令

正义之师
从不恋战
但若剑出鞘
会扫千军如卷风

树惜

楼的西边
有一棵
樱花树
未等到
酷暑远去

她却将
缀满的青绿
卷成一个个
灰色的筒
叶尖指向
脚下的黄土

朋友圈里
在祈祷
这棵树
等待着
生命的复出

只为那个
乍暖的春季
借一树怒放
她曾经打开过
许多人
依然冰冷的窗户

静

雨过梅花静
山川二月泉
鹤飞有翅声
婵娟无遮掩

七绝·感秋

秋雨染红栾李枝
稷山脚下起悠笛
海棠缀满梨熟透
湖畔挂着万树诗

读秋

小桥下
缓缓的溪流
诉说着
时光的乡愁

没闻够
夏日的女贞
没看够
春天的垂柳

凉风习习
吹进我的心头
初秋竟然是
一段迷人的风流

风儿告诉我
不用多久
她会用备好的斑斓
把山林的梦染透

羽之悟

稷下湖边
一只飞鸟掠过
一片轻盈的羽毛
随着微微的秋风脱落

这片羽毛
似乎在告诉我
那只美丽的飞鸟
走过了重生的浴火

正在蜕变的
何止是生命的歌
恰似湖中的春水
也变为不尽的秋波

花与蝶

粉红色的景天
开成飘香的海洋
多彩的蝴蝶
静落在花的中央

微风吹来
蝴蝶在平衡着翅膀
原以为是
彩色的花瓣摇晃

行人走过
花与蝶一起欢畅
分不清是飞舞的花
还是蝶儿长在了枝上

变化

那一些
秋日的叶
终于放弃了
春天的初绿

在霜天
斑斓的世界里
花儿像叶
叶儿似花

不知道
谁是谁的叶
也不知道
谁是谁的花

城市

这是一片
由钢筋混凝土
筑起的森林
有棱有角
却无鸟无虫

它的前身
山里的石头
磨成了粉
走过煅烧的炉
又凝固成现在的城

魔方里的人
不时地牵挂着
那些石头坑
用破碎的假日
将空虚的魂填充

柳

初冬到了
你仍在坚持
突然发现
你成了最后的绿

寒风吹起
飘逸空中的
多么像你
柔柔的发丝

记得你
曾是初春里
最早的
那一抹新绿

想不到
柔弱外表下

细枝摇曳过
夏季秋季

还不时地
背负着那个
水性杨花的
千年咒语

等

这一夜
我写了一首
关于雪的诗歌

坐炉边
在等一场
像诗一样的雪

信笺上
北风呼啸
雪花翻飞起落

慢起身
抬眼窗外
却见千里皓月

女贞树
依然还是
没有被风吹过

干了这杯酒

老友起身劝
干了这杯酒
喝够了你再走
草原的路很长
有风沙也有暗流

去年这时候
也在这大炕头
慢慢地陪着你
守一坛老酒
从年尾喝到年首

干了这杯酒
胡杨间的白云
已把它染醇
大漠上的炊烟
已把它熏透

干了这杯酒
兄弟别再挽留
扬鞭催马去
牵云牧春风
一路不会忧愁

干了这杯酒
把坛子封好口
明年这一天
望着无边的羊群
再举杯论风流

追思

——刘石祯先生追思会有感

一年前
一个好人走了
离开了
不愿离开的鲁泰人
告别了
不愿告别的杜坡山

一年后
一群朋友来了
讲起了
压在心头的动人故事
吟诵着
难以释怀的感人诗篇

四十七岁
竟成了创业的原点
智慧与苦难
编织出锦绣衣衫
几间作坊
变换为世界的顶端

纺织工
没有忘记棉被的温暖
孤寡人
摆出一摞他送的零钱
蹒跚的脚印
仍留在新疆的棉田
胡杨林
还欠他一个金色的秋天

不敢去看
邻座的陌生硬汉
我相信
谁也逃不过起伏的泪点

看懂了
什么是崇高的内涵
明白了
什么是大爱无边
为梦想
又何必追求耄耋之年

遇见美丽

花开的季节
一位蹒跚的老人
推着破旧的轮椅
椅上坐着的
是目光呆滞的妻子

停一棵杏梅前
老人似乎讲述
树上花开的故事
可谁也听不清
这对老伴的言语

老人动情地讲
妻子终于天真笑起
多么感天动地
也许花树下面
有过难忘的青春记忆

突然感悟到
走过了春夏秋冬
经历了冰霜雪雨
只要心存美丽
人间尽是花期

跪别

于南郊宾馆，看到毕业生跪别学校照
片后有感而发

北门外
几个同窗
为你送别

你转回身
朝着熟悉的校园
深情地跪下

这一跪
再也持不住
我抑制的眼泪

是啊
她伴随你
走过了多少日夜

前行吧
练就了翅膀
总要飞翔

请记着
哪天飞累了
这是你永远的家

校园之暑

无花果
已结出尾声
零零星星
躲在叶的背后

山里红
翘首等候
如火的阳光
将脸颊染透

红叶李
在夏日里
却在引诱着
霜满的深秋

女贞子
缀满枝头
却找不见
如织的人流

春节遐思

或许不存在
所谓的
时光如流

过往的岁月
总是在
积累些时日后
捆绑起来
打上一个结

然后扔到
褪色的库房中
永久地封存

那个结

就是春节

那个库房

也许就是历史

平等的是

无论皇上

无论草民

无论所有的

荣耀与不堪

最后都会被

扔进那个库房

让后人

一边翻找

一边拼接

也许点赞

也许吐槽

清明

一杯浓酒半壶茶
旧友草庐话桑麻
昨夜红樱开陌上
春风抖落海棠花

太公颂

第十六届齐文化节主题歌

东海茫茫
大河滔滔
南关狼烟起
北疆战马啸

太公啊
仙风道骨的子牙
那位古稀的隐者
为遇千古明君
独坐渭水之滨垂钓

太公啊
老当益壮的子牙
为了大周的江山
从遥远的西途赶来
再次披上血染的战袍

东海茫茫
大河滔滔
南关狼烟起
北疆战马啸

太公啊
定国安邦的子牙
百年修炼的智慧啊
征讨五侯九伯
胸有武略文韬

太公啊
励精图治的子牙
通商工兴渔盐
因俗简礼尊贤尚功
把泱泱大齐的基业筑牢

太公啊
开创齐国的子牙
太公啊
今朝世界的子牙

扫描二维码，请欣赏《太公颂》视频

水墨芬兰

从神州孟夏走来
雨后的午间
却遇见拉普兰
阴沉冰冷的荒原

一幅水墨
迟迟没有醒来
执着沉醉在
圣诞老人的冬晚

淡淡一幅画
俨然水墨工笔
白桦林每个枝梢
细细地描遍
又用浅色颜料
涂出云的远天

迷人的童话
为什么还不醒来
到底还需有
多少桑拿间
一起蒸腾，才将
这画的底色烘暖

极昼

再望一眼
日光不谢幕的天
只能将窗帘
拉得严了又严

人造的黑暗
假想着玉钩银汉
糊弄着自己
熬入北极的梦间

但真的不知
树上的鸟儿
如何打发这些
亮如白昼的夜晚

天鹅和迎春花

冬月
几只天鹅到来
湖畔
几朵迎春花开

天鹅到来
总是这个季节
迎春花开
却在意料之外

天鹅和迎春花
也许今冬有约
一起出席
寒风中的狂欢

去年春天
天鹅飞走的日子
背影中的迎春花
怒放了一地遗憾

邂逅春天

又一个元旦
偶遇到
阳光的灿烂

一束康乃馨
不知从何处
捧至这大楼前

诗人将这首
用春风写成的烂漫
递到我的手间

我崇敬地
插进斗室的花瓶
散置在长寿竹边

仿佛一瞬间
我拥有了
全世界的春天

迟到的春天

校园内，疫情期间

春天
从海棠的绿芽
迟迟地钻出
用迷茫的眼神
好奇地打量着
似曾相识的人间

春天
从女贞子的浆果
摔落到荒原
用破碎鲜红的血肉
细细地感受着
枯草返青的冷暖

春天
这段时间
你去了哪里
莫非为了众生的哀叹
一直苦苦地劝退
那个带病的冬天

春天
祈愿来年
你再也不要拖延
更盼望着
万物生灵之间
永远不再相煎

花孤独

校园内，疫情期间

湖水粼粼鸟嘤嘤
兰梅初绽自多情
空山只缘瘟神在
游人不见万花中

七绝·月季花

红粉黄白花半年
亦经酷热亦经寒
性情孤傲如梅菊
大雅天香若牡丹

梅花怨

校园内，疫情期间

本来
我用心准备了
一树繁花

千姿百态
飘着浓香
只愿为你盛开

可是
你却隔在了
千里之外

不等了
我随春风归去
明年再来

也说母亲

——写于母亲节

世上
有多少人
几乎
就有多少人
在感念
自己的母亲

母亲
是离行时
最遥远的目光
母亲
是回家时
最好吃的擀面

母亲
是成功时
最难掩的悦色
母亲
是逆境中
最无私的陪伴

母亲
是岁月中
最难忘的旧梦
母亲
是心底里
最柔软的空间

年味

老人们说
唉！这年味
怎么越来越淡

仔细想一想
儿时的年味
或许是一种背叛

吃一顿年夜饭
是对
食不果腹的背叛

穿一件新衣裳
是对
衣衫褴褛的背叛

放一挂鞭炮
是对
压抑心境的背叛

一家人团聚
是对
杳无音信的背叛……

消失了
这些曾经
背叛的理由

年味
也许会
无奈地越来越淡

丁香与湖水

丁香花，几乎
已霸占
所有人的感官
将游人，引诱进
万树花中
让心和花一起烂漫

碧波，荡漾着
一湖难掩的冲动
由远而近飘来
一圈圈水纹
也许，正在酝酿着
一场春天的梦

清明悟

清明
是打开心扉
让记忆中的亲人
走进我们的内心
数点过往的情

清明
也是清楚和明白
孙子的孙子
多数已叫不出
爷爷的爷爷大名

形式主义

会场的椅子上
坐满了木桩
主席台上
摆着一排木桩

中间那只木桩
在不停地
制造着声响

台上的木桩
没有反响
会场上所有木桩
也都没有反响……

七月的仰望

七月前的一天
我来到黄浦江畔
走近久仰的圣地
历史上的望志路 106 号
寻拜，伟大政党的根源
因为一位伟人说过
这里是中国共产党的“产床”
伴随着络绎不绝的瞻仰者
我深深地鞠躬，再鞠躬
望着眼前这座寻常的小楼
想想当初的十几位代表
想想今天九千多万的党员
再想想新时代党的事业如日中天
心中不禁产生一连串的追问
为什么，共产党能够救中国
为什么，共产党能让中国走向富强
为什么，共产党历经百年而风采依然

我从马克思主义真理中找到了答案
中华民族曾经有过灿烂的昨天
但曾几何时
西方的坚船利炮打破了中国的平静
从此，战火频仍山河破碎生灵涂炭
中国啊，你向何处去
人民啊，谁为你做主
有多少仁人志士上下求索
有多少理论和主义不断切换
但中国，依旧是那个贫弱的中国
民众啊，依旧是那群苦难的民众
十月革命一声炮响
给中国送来了马克思列宁主义
这是漫漫长夜中出现的一束光明
这是茫茫大海上闪现的一座灯塔
于是，十几位代表来到了这里
中国共产党诞生了
这是开天辟地的大事变！
真理的力量何其伟大
真理的光辉何其迷人

“砍头不要紧，只要主义真
杀了夏明翰，还有后来人”
真理的生命何其鲜活
真理的影响何其久远
与时俱进的马克思主义
实事求是的思想路线
正引领从富起来到强起来的历史巨变

我从“为人民服务”的承诺中找到了答案
共产党是为人民而生的政党啊
她有着多么崇高的宗旨
心中又装着何等神圣的使命
共产党员，究竟是一群什么样的人
抗美援朝的战士告诉我们
那就是身为主席也要把儿子送上前线的人
湖南那位见过红军的老大娘告诉我们
那就是把仅有的一条棉被剪一半给老百姓的人
兰考的父老乡亲告诉我们
那就是心中始终装着群众
而唯独没有他自己的人

武汉的市民告诉我们
那就是在疫情中远离自己的家园
却一直陪伴在陌生人身边的人
有哪一个政党的胸怀如此博大
有哪一个政党与人民如此水乳交融
曾记否，黄炎培先生的窑洞之问
毛泽东给出了坚定而沉重的论断
走群众路线，让人民监督
这是实现中华民族千秋伟业的神圣诺言

我从大无畏的革命精神中找到了答案
为有牺牲多壮志
敢教日月换新天
从共产党的成立到新中国的诞生
这是多么艰难的一万天
每天都有成百上千的党员
用自己的生命筑梦未来的江山
这面鲜红的党旗
本来，就是用他们的鲜血浸染
武装到牙齿的敌人难以置信

共产党员究竟是用什么材料制成
这种用精神汇聚起来的力量啊
把压在人民头上的大山彻底推翻
轰轰烈烈的社会革命不断推演
共产党更不会忘记自我革命的锤炼
从延安整风到西柏坡整党
从“三讲”教育到“两学一做”
查一查当年的初心是否改变
看一看事业的激情是否退减
这是一次次自我净化的内功
这是一场场刀刃向内的攻坚战
是啊，革自己的命比革别人的命更难
可是，我们别无选择
这不仅仅是中国共产党的标签
这更是我们取得胜利的优势和关键

我从铁一样的纪律规矩中找到了答案
一切行动听指挥
不拿群众一针一线
共产党就是靠铁的纪律起家

共产党也必须靠铁的纪律发展
一九四九年五月上海的那个早晨
当激烈的炮声渐渐平息
市民们走出家门
却不敢相信眼前的画面
在蒙蒙的细雨中
马路上躺满了熟睡的人民子弟兵
他们也是血肉之躯的兄弟姐妹啊
他们也是一群让父母疼爱的少年
但不入民宅，不扰百姓
这是铁的纪律不容触犯
一九五二年二月的保定
纪律的子弹射穿的
不仅仅是刘青山张子善的躯体
也打掉了新中国初期的贪污混乱
打出了共产党人的八面威风
也打出了一个明媚的春天
二〇一二年冬日的中南海
通过了一份十分简练的文件
后来，人们称它为“八项规定”

许多人没有想到
这竟然成了一个历史的节点
从此，党的规矩的发条越拧越紧
再次树立起中国共产党的良好形象和威严

啊，回望苦难辉煌的一百年
回望奠基立业的一百年
回望开辟未来的一百年
啊，仰望这个伟大的党
仰望这个光荣的党
仰望这个正确的党
作为中国共产党的一员
怎能不感到无比的骄傲和自豪
着眼于共产党千年万载的大业
百年，岂不是风华正茂的少年
让我们奋斗吧
未来三十年
中华民族将写下伟大复兴的诗篇
让我们坚信吧
英特纳雄耐尔一定能够实现！

扫描二维码，请欣赏《七月的仰望》视频

术的原罪

走进村子
追寻依稀的过往
寂静的秋日

村中的胡同
从未记得过
汽车刺鼻的尾气

拷问自己
熵的增加
是否一条不归路

术的进步
究竟给世界
带来多少慰藉

人类精神沙滩上
还能否捡回
那些贝壳的美丽

秋冬之交

秋天向我们
道别的方式
是把树叶
扔在了地上

冬天和鸟儿
相遇的礼节
是把柿子
留在了枝头

雪之过

立冬的日子
纷飞的大雪
将所有畅想
深秋的童话冻结

本想去听一听
山涧的清风
也想去望一望
河边的秋月

本想去尝一尝
烧透的柿子
也想去看一看
漫山的红叶

可是，这场雪
就这么急匆匆地
将我对秋的欲望
挡在了上一个季节

关于线

人的关系
是空间里的
两条几何线

有的是平行线
永远不会相交
却似乎不近不远

有的是交叉线
看似一路奔来
却只能挥手擦肩

有的是相交线
虽有短暂汇合
终究将要走远

永远不会有
两条重合线
否则，两条线
就变成了一条线

影子

人都有影子
影子的本质
是光线对人的评价
以人为原型
可又不是真相

影子面积
取决于
人的胖瘦
也取决于
那束光线的远近

影子长短
取决于
人的高矮
也取决于
那束光线的方向

不要当真
照出的影子
瘦小未必瘦小
高大未必高大
假象成不了真相

冷的外形

白色的冬夜
不见行走的风
路灯射下的光
凝固得一动不动

枯草冻在梦里
星星冻在雾中
流浪猫躲到车底
啄木鸟溜进树洞

老板冻进桑拿
民工冻进被窝
校门口接娃的父亲
冻在颤抖的军大衣中

粉碎

纷飞的雪花
不知由哪片云
粉碎后抛撒

忧郁的心情
一大早
也被雪花粉碎

雪花和心情
沾在一起
慢慢地落下

讯

春，已经
藏不住了
虽然，柳芽
克制着吐露
虽然，湖水
挽留着残冰

疫

一树一树的
鲜花，本来是
治愈人间寒冷的药

可今年
花儿就这样闲着
却把病，留在了
每个人的心头

想了想

你问我
什么样才是
了不起的一生

也许是
过尽千帆后
你依然喜欢
让你颠簸的
那番巨浪狂风

也许是
漫漫长夜后
你依然相信
从未见过的
那盏不灭神灯

也许是
岁月沧桑后
你依然爱恋
无可奈何的
这场迷乱人生

春花

忽然发现
那些春意盎然的诗
与作者无关
是花儿自己写在了枝头
恰巧被人遇见
抄成了诗人的版权

花语

新年元旦
阳光灿烂
窗台的长寿花
一觉睡到十点

我帮她
轻轻拉开窗帘
今天的她
绽放得如此鲜艳

前些日子
花枝布满灰尘
枯叶扔在盆边
也许她心情好了
想到了明媚的春天

向昨天告别

细雨向苍天告别
鸣蝉向夏日告别
栀子花向绿叶告别
毕业生向母校告别
哦，这是个告别的季节

我也敬畏地
向四十三年的角色
深深地鞠躬告别
这所几代人逐梦的大学
是我人生的舞台
也是我温暖长情的家

春秋涵养了花草
冬夏包容了冷热
雨雪滋润了土壤
冰霜催红了枫叶

这熟悉的校园啊
写满了我们的四季之歌

感谢无情的岁月
仍留给我一头黑发
还留给我满腔的热血
我整一整衣带
理一理心绪
准备开启新的生活

为了记住

五婶昨天走了
冒雨去了天堂
她整整聋了一生
好像从来没有听见过
又好像，从来没有影响
她和任何人的交往

盯着你说话时
眼神那么纯真
看上去那样透明
像极了她的心肠
她脸上始终挂着一种
现在世上几乎绝迹的笑容

我都六十岁了
还一直把我当孩子
每次看望她

都会抓一把瓜子或花生
执着地塞进我的兜中

五婶的眼神与笑容
也许不可能变成
人类非物质文化遗产
也许很快就会被人忘却
也许会永久消失在历史长河中

赴任

卸去身心两重甲
书斋斜卧读百家
中军帐里忽传令
仗剑披挂再出发

送瘟神

是时候了
奥密克戎
这个冬季
我们彼此
把所有怨尤了结
请瘟神远离
让美丽的天使
抚平口罩的印迹
让苍生接回
生机盎然的春意

是时候了
奥密克戎
厮杀如此漫长
我们纠缠一起
举世维艰
多少生死别离

寻常烟火
成了久违的奢侈
不见了车水马龙
没有了八方游子

是时候了
我的朋友
足足熬了三载
总盘算着
点燃北疆的篝火
探幽南国的竹林
想尽情地拥抱
远方的亲人
想彻夜地狂欢
也想沸腾地聚集

是时候了
我的朋友
大疫后该醒了
多么感激

发烧后家人的姜汤
酸痛时好友的慰藉
真心敬畏
世上每一种生命
顶礼膜拜
我们生存的天地

说淄博（歌词）

淄博，淄博
是一首古老的歌
三千年前
姜太公开创了
泱泱东方大国
管仲晏婴孙膑
为江山运筹帷幄
齐风入韶乐
稷下学宫
诸子百家论说

淄博，淄博
是穿越历史的河
孝妇河畔
淄砚常发墨
写就归舟村舍

古今地灵人杰
伴华夏春秋更迭
俚曲唱聊斋
裕禄故里
多少英雄楷模

淄博，淄博
是不一样的烟火
窑炉炽热
黏土掺着梦
烧出天地颜色
五音大戏
油粉烧饼酥锅
烧烤不夜天
百姓缤纷生活

扫描二维码，请欣赏《说淄博》视频

麦芒之上

属于童年的田野
麦芒之上，托着
那个吃不饱的故乡

太阳是辣椒的刺痒
一顶破旧的六角斗笠
用完的力气，从
父亲脸颊流淌

地头树荫下
放下沾泥的铁锹，打开
用树叶塞住的壶嘴
仰起头来，他痛饮
那阵清凉的风

父亲的目光
似乎闪过了

大年三十晚上
那锅热气腾腾的饺子
和年复一年
盼不来的希望

鲁医之歌（歌词）

齐风浩荡
韶韵悠远
鲁医，我的校园
居于海岱之间

我们是
未来的好医生
慈心如海
责任如山

齐国故地
依然星光灿烂
神医扁鹊
医德代代流传

允理允能
精益求精

桃李芬芳
筑梦美好明天

波光粼粼
流水潺潺
鲁医，我的校园
坐落孝妇河边

我们是
未来的好医生
悬壶济世
医术精湛

仁心湖畔
古柳清风作伴
妙手回春
练出铁壁铜肩

允理允能
精益求精
桃李芬芳
筑梦美好明天

扫描二维码，请欣赏《鲁医之歌》视频

交替

初醒的垂柳
向枯黄芦苇招手
感谢她
冰天雪地里坚守
幼绿枝叶
将春的讯息
捎给欲放的百花
和渐暖的河流

春日最后的花

暮春时节
高擎的流苏花
在暖风中摇曳
簇拥着连成云
以一场梦幻的雪
送走春天所有花朵

淄博青企协会会歌

一炉窑火八千年
闪耀海岱之间
一脉齐商三千载
管鲍之交流传
啊，这片古老的热土
通工商，兴渔盐
东方财富的源泉

大潮又起
激流云帆
旱码头气象万千
淄水鲁山
今夜星空更灿烂

一部辉煌产业史
重任传承在肩
一群青年创业人

征途何惧艰难
啊，这片希望的家园
争一流，走在前
让梦想展翅高天

大潮又起
激流云帆
旱码头气象万千
淄水鲁山
今夜星空更灿烂

扫描二维码，请欣赏《淄博青企协会会歌》视频

又到金秋

——金秋诗会主题歌

又到金秋
我在广场夜色中行走
书声阵阵
和着古琴悠悠
“关关雎鸠
在河之洲”
尼山的月光
辉映学子心头

又到金秋
海棠果挂满枝头
又到金秋
我要把爱
写成诗词千首

又到金秋
我在河畔晨曦中行走
大河汤汤
难尽饴山乡愁
秋谷高风
村舍归舟
孝水的诗意
已把校园浸透

又到金秋
海棠果挂满枝头
又到金秋
我要把爱
写成诗词千首

扫描二维码，请欣赏《又到金秋》视频

鲁医，我不想走

——鲁医毕业骊歌

向河边的柳
挥一挥手
鲁医，我不想走
你是我心头的离愁
没听够
先生的讲授
没玩够
社团的足球

向湖畔的钟
鞠一个躬
鲁医，我不想走
你是我深沉的挽留
生病时
熬药的导员

熄灯后
神聊的舍友

鲁医，我不想走
你是我心头的离愁
你是我深沉的挽留
我多么想
永远地把你守候

鲁医，我还要走
祖国和人民在招手
我已把
击水本领练就
我将融入
伟大梦想的洪流

扫描二维码，请欣赏《鲁医，我不想走》视频

黄河悟

方明和马累
黄河下游的诗人
数着河床的每个毛孔
写够了黄河的诗篇
今天他俩把黄河借给我们
让我们一起感叹

河水从西部赶来
顺着版图上巨大的划痕
爬上东部凸起的伤疤
然后，缓缓涌入海湾

这片混浊的水沙
也曾是卡日曲的清泉
这些安澜的水纹
也曾在壶口惊涛拍岸

黄河讲了个逻辑
不管当初多么清纯
都无法避免和泥沙纠缠
也少不了曲曲折折的路
但只要与洪流为伴
总能驶入希望的港湾